U0047417

他們說的
領導天使

Seven Angels

作者——丹榮‧皮昆　　　譯者——邱喜麗

所有人，

都被賜與潛能；

但僅有少數人能在適當時機，

高效地運用這種潛在力量。

Contents

　　許多人都期望成為一個好的領導者，而這並非難如登天之事。

　　有很多人不斷尋求晉升為成功領導者的捷徑。少數人可以毫不費力地達到這個境界，其他人由於不具有天生的領導才能，所以多半都不太容易做到。

　　但無論你是哪種人，都可以認識七位能指引正確道路的天使，人人都能成為幸福的成功領導者。

優異領導者的豐功偉業來自經歷
重大課題。

任何走過非凡經歷的人，
都將是優秀的**成功領導者**。

Chapter 1

偉大的羅馬統帥

在羅馬帝國的輝煌時代，奧圖帕斯國王公認是最英勇和最有能力的領導人之一。他擁有一支不屈不撓的強大軍隊，麾下有許多勇猛的統帥，帶領士兵征服其它王國，拓展勢力領域。

每場戰役結束之後，奧圖帕斯國王都會特別犒賞擊退敵人的將軍。國王此番善舉，為所有贏得勝利的將軍帶來極高的榮譽感；他的仁慈也激勵士兵跟隨指揮官的腳步奮勇前行，軍隊也因此受到人民的欽佩與愛戴。

在軍隊眾多勇敢的領導者中，索拉特斯是最偉大的將軍之一。他戰功彪炳，備受軍隊裡的年輕領導者尊崇；他的能力和英勇功績，被視為羅馬帝國維持昌盛的原因。

如今，被譽為傳奇的索拉特斯已屆退休之齡，不再效力於軍隊，但還是有許多指揮官持續向其請益。索拉特斯也不時回想起無數戰役中，那些經典而為人傳頌的片段；每一場促使羅馬帝國更強盛的硬仗，都有他在其中扮演極關鍵的角色。

由於索拉特斯不能再如以往領軍作戰，國王不禁開始擔憂起羅馬軍隊的未來。眼見危機迫在眉睫，國王召請索拉特斯到皇宮裡徵詢，希望他挑選下一任能夠領導士兵並真正成為整個軍隊支柱的總指揮官。

等索拉特斯抵達宮殿時，已有許多人聚集等著向他致敬。國王也走進大廳入座王位，包括索拉特斯在內的所有人，皆謙卑地俯身下跪向其致禮。

「眾人平身。」國王說。

「謝陛下！」大家一致表示。

「索拉特斯近來如何？」國王問。

「稟告陛下，一切都好。」這位前任總指揮官謙卑地回答。

「你知道我今天為什麼召你來此嗎？」國王問。

「稟告陛下，恕臣不知……」索拉特斯答道。

「我瞭解你年事已高，也不希望你再上戰場，但我希望你成為羅馬永遠的英雄。同時需要借助你的經驗和能力，訓練一批新的指揮官，讓他們能夠成為如你一般優異的軍隊領導者。你是否能提供一些建議給在場的年輕司令官呢？」國王說。

「我非常樂意幫助國家和軍隊，繼續為祖國貢獻一己之力是我的榮幸。」索拉特斯堅定地回答。

「太好了。我會給你一年的時間，訓練所有年輕人成為敏捷靈巧的戰士。太感謝你了，索拉特斯。」國王説道。

「我已決心終生為國服務，您的這項請託令我感到萬分榮幸，我堅信能在一年內完成此任務。」他充滿信心地答應。

「既然如此，今日就此散會吧。」國王説。

當富有先見之明的國王離開宮殿大廳，轉往個人寢宮時，所有人再次屈膝致禮。索拉特斯回家後，就直奔隱身牆後的秘密工作室。

他拿起一個金色小盒子，盒子上頭覆蓋了一層灰和蜘蛛網，看起來彷彿數十年未曾被動過。先是用一塊布將它擦拭乾淨後打開來，裡頭放著一張老舊的地圖。

「距離我沿著這條路線來回走一遭也有五十年了，那一路上改變我人生的經歷，都還鮮明得恍若昨日。」

「是時候將它傳承給年輕世代了。」

索拉特斯憶起他的輝煌歲月，流露出愉悅的微笑，又神秘地似乎藏著曾令他深刻印象的事情。

Chapter 2

英勇的指揮官

第二天早上，索拉特斯請他最小的兒子到工作室裡，父子倆平時就喜歡私下談天。

「你多大歲數了，莫斯柯？」索拉特斯問。

「稟告父親，我今年十八歲了。」莫斯柯答道。

「你未來想做什麼呢？」索拉特斯繼續問。

「我很想和您一樣報效國家。」年輕的小兒子堅定地回答道。

「你為什麼想跟隨我的腳步呢？」索拉特斯好奇著。

「您是我的榜樣啊。這鎮上的每個人也都想和您一樣，成為保家衛國的士兵。」

「所以，你想為羅馬帝國盡份力嗎？」索拉特斯想確定兒子的心意。

「沒錯！父親大人。」

「那麼我有樣東西要給你。」

「什麼東西？」

「給偉大戰士的一張地圖。」

「偉大的戰士？」

「偉大的戰士要能夠帶領麾下的士兵前進，鼓舞士氣並保衛全國人民。」索拉特斯説出不變的信念。

「一個偉大的戰士，同時也會是偉大的領導者，對嗎？」莫斯柯問道。

「沒錯！一個偉大而優秀的戰士，需要時間鍛鍊各種作戰技能、砥礪知識、擁有明確堅定的想法、具備莫大的勇氣和非比尋常的善良。」

「那……我能成為一個偉大的戰士嗎？」莫斯柯遲疑著。

「當然可以，這也是我叫你過來的原因。」

「那麼我該做些什麼？父親大人。」莫斯柯恭敬謹慎地等待答案。

「你將有一整年的時間可以旅行至此地，要登頂七座山，並在一年之內返家。」

「就這樣？我會遭遇什麼事呢？」

「無論何種遭遇都會成為你的個人經歷，現在還不是揭曉的時機，等你到達目的地就會恍然大悟。」

「請問您怎麼會有這張地圖？」

「我很幸運地在年輕時就得到這張珍貴的地圖，它讓我的工作生涯一路順遂成功。」索拉特斯說出了地圖的用處。

「我有可能跟隨您的腳步，成為和您一樣的人嗎？」

「哈哈哈⋯⋯有可能喔。如果你相信自己，就能實現願望。當你對自己抱有信念，就能成就任何事。」

「我該何時啟程呢？」

「你可以明天就上路，然後你會瞭解如何成為一位優秀的領導者。」索拉特斯說。

「您親身到過此處嗎？」莫斯柯好奇地問。

「是的，你每攻頂一座山，就會遇到一個人教你如何成為一位好的領導者。」

信念的力量，
幫助我們成功克服人生的困難。

只要相信自己有能力做到，
就能**成就心中願望**。

「那些人是誰呢？」

「她們是即將指引你正確道路的七位天使，你可以從她們教導的事中，學到成為一個優秀領導者該有的知識。」索拉特斯説。

「這世上真的有天使嗎？」

「這答案就由你自己去尋找。現在你該回房間，為即將開展的旅行好好做準備。」

年輕的小兒子回到房間，開始收拾這趟長途旅行所需的物品。他必須按照父親給他的地圖路線行事，還得揭開七天使的神秘面紗，因為父親堅持不透露關於她們的資訊。

這位年輕人相信自己絕對能夠達成父親期待的使命，因為他必須成為父親的繼任者——也就是羅馬軍隊的統帥。

Chapter **3**

第一位天使

這位年輕人是頭一次離家遠行，他沿著地圖指示一路前進。

　　當他離羅馬越來越遠，路途也越來越艱辛。

　　不僅橫越了一片寬廣的田野、荒涼的沙漠，還走過充滿野生猛獸的原始森林，總算來到了第一座山。

勤勉天使

THE ANGEL OF DILIGENCE

勤勉教你的事

莫斯柯這位年輕的士兵爬上山峰，意外發現了一塊巨大的石板，中間鑲嵌了一顆有星星的水晶球。他注意到地圖上也有相同的星星符號。

　　當他走近那塊巨大的石板，石頭後面突然升起一陣白煙，一位穿著白色洋裝、年輕貌美的女子現身，她戴著一頂皇冠，手執一根長棍。

　　「年輕人你好，你來這裡想見誰呢？我能幫你什麼嗎？」那位女子親切地問。

　　「我叫莫斯柯。我依循父親給我的地圖行旅至此，他告訴我要向七天使請益如何成為一個優秀的領導者。您住在這多久了？能否請教您尊姓大名？」年輕人詢問女子。

　　「我是育敏，這是我的居處。」女子答道。

「您認識七天使嗎？我一路跋涉而來就是為了見到她們。」莫斯柯進一步問。

「你為何想見她們？」她問。

「我父親索拉特斯給了我一份地圖，告訴我出發尋找七天使，她們會指引我正確的人生道路。因為我必須先接受訓練成為偉大的戰士，進而成為羅馬軍隊的優秀領導者。」

「索拉特斯？我們五十年前就已相識，我還記得他。他現在過得如何？」年輕女子回答。

「妳真的見過我父親嗎？他現在年事已高，不久便屆退休之齡。他受國王指示訓練一群新的指揮官，這些指揮官必須是善良、有道德感和聰慧的人，才能協助國王保家衛國。」他如此答道。

「我好難想像妳真的見過我父親，因為妳看起來如此年輕，又如此美麗。」莫斯柯仰慕地说。

　　「你父親還年輕的時候我見過他，他為了追求更多知識而來，注定與我相見。」女子回答。

　　「所以妳應該是我父親提及的七天使之一對吧？」

　　「大家是這麼稱呼我的，但我們其實只是提供建議給需要的人們，包括你的父親索拉特斯。」她如此闡述。

　　「妳們如何提供忠告呢？」年輕人問。

「我們各自擁有不同領域的專業知識，可以針對不同問題提供建議。」她答道。

「那請問你是不是能給予我一些建議？」他迫切地表示渴求。

「當然沒問題。我的另一個稱號是勤勉天使，我專精於激勵人勤奮向上的學識。你想聽聽看嗎？」勤勉天使問道。

「我極度渴知，我長途跋涉就是為了認識妳。」他熱切地說。

「請隨我而來，我有本課本給你。你有一晚的時間讀完，如果有任何問題，明早都可以問我。」美麗的天使邊遞給他課本邊說。

「真的是太感謝妳了。」年輕人興奮地接過課本並回應道。

「那麼今天先這樣，我得走了。明天我會再拜訪你，莫斯柯。」她回道。

　　莫斯柯找了一處可以休息過夜的地方，帶點疲倦地坐下，但還有足夠的精神，在閃耀的星空下拿起課本開始認真閱讀。

　　他翻開第一頁，聚精會神、盡可能地消化每一章節的精髓。

勤勉天使
THE ANGEL OF DILIGENCE

勤勉教你的事

第1課

每個人都能成為領導者。

只要夠勤奮，就能在工作中獲得成就。

無論從事何種職業，
只要帶著勤奮的態度、
耐心且無懼挑戰地投入工作，
定能獲得成效。

終有一天，也會擁有成功的人生。

來自勤勉天使的話
The Angel of Diligence

勤勉天使

THE ANGEL OF DILIGENCE

勤勉教你的事

第 2 課

工作都不輕鬆。

面臨阻礙和困難並不足為奇。
屈服於難關的人往往無法完成工作。

他們會半途而廢，

從此就一蹶不振。

一輩子都因為輕言放棄而一事無成。

來自勤勉天使的話
The Angel of Diligence

勤勉天使
THE ANGEL OF DILIGENCE

勤勉教你的事

第3課

人必須工作，
從工作中的小細節到大環節獲得知識。

他們必須時時刻刻提醒自己，萬事皆有起點。

**那些懷抱雄心壯志卻無法實現目標的人，
總認為是工作太艱難、
超出能力或不適合自己。**

來自勤勉天使的話
The Angel of Diligence

勤勉天使

THE ANGEL OF DILIGENCE

勤勉教你的事

第 4 課

那些在工作上有所成就的人，
通常認為可以採用一些方法來
「管理」工作。

例如將工作細項分類和分級，
然後全心全意地依序逐項處理，
直至完成。

來自勤勉天使的話
The Angel of Diligence

勤勉天使

THE ANGEL OF DILIGENCE

勤勉教你的事

第 5 課

工作怠惰的人，人生注定失敗；
工作背信棄義的人，也會在人生盡頭嚐到苦果。

善良且認真工作的人，會在生命盡頭收穫幸福；
運用智慧工作的人，
甚至能夠在人世品嚐甜美的成功果實。

傾注全心全力工作的人，
在他們的工作生涯和人生盡頭
必能獲得成功與幸福。

來自勤勉天使的話
The Angel of Diligence

勤勉天使

THE ANGEL OF DILIGENCE

勤勉教你的事

第 6 課

光會「出一張嘴」工作的人，
只會獲得「輕信寡諾」做為人生的回報。

只仰賴「八卦謠言」工作的人，
只會招致「壞事」做為其思想的反饋。

懷抱著痛苦心態工作的人，
只會從工作得到各種苦難。

只有**愉快工作**的人，
能從工作**得到幸福與快樂**做為回報。

那些**依循快樂**，認真生活的人，
一輩子都能**獲得幸福**作為生命之禮。

來自勤勉天使的話
The Angel of Diligence

勤勉天使

THE ANGEL OF DILIGENCE

勤勉教你的事

第7課

缺乏「耐心」的人與「無翼之鳥」
沒有什麼分別。
沒有翅膀的鳥哪也去不了。

沒有「耐心」的人，
容易失敗或無法成就任何事，
因為他們的**人生缺乏力量**。

來自勤勉天使的話
The Angel of Diligence

勤勉天使
THE ANGEL OF DILIGENCE

勤勉教你的事

第 8 課

耐心就像一塊塊磚頭，
最終可以砌成一座大城堡。

有些人的耐心只夠造出一間小屋。

但某些人卻能擁有一座堅不可摧的大城堡，
足以承受寒風暴雨；成功人士尤其如此。

無論面對何種困境阻礙，
仍能巍然屹立。

來自勤勉天使的話
The Angel of Diligence

勤勉天使

THE ANGEL OF DILIGENCE

勤勉教你的事

第9課

耐心能引導我們邁向成功之路。

要在下一代尚未成熟時，
及早鍛鍊他們的耐性，才能期待未來有所成就。

耐心是紀律的基礎。

遵守生活紀律的人往往潔身自愛、
重視自己的行為。

來自勤勉天使的話
The Angel of Diligence

勤勉天使

THE ANGEL OF DILIGENCE

勤勉教你的事

第 10 課

**缺乏勤勉態度的領導者，
也是沒有耐性的人。**

當人因為怠惰而失敗時，
他們總將失敗原因歸咎於週遭一切人事物，

卻無視自己根本沒有努力的事實。

來自勤勉天使的話
The Angel of Diligence

翌日黎明破曉時，第一道晨光照亮天際，無數鳥兒快樂的啁啾聲環繞四周。

「早安，莫斯柯。」勤勉天使向年輕人問候。

「早安，天使。」莫斯柯也回應她。

「你昨夜讀了關於勤勉的課題嗎？」天使問。

「是的，我讀完了。」他回答。

「那有什麼問題想問我嗎？」

「有的。一個人若要成功，首先必備的兩個條件是勤奮和耐心對吧？」

「沒有錯。無論從事何種職業，只要夠勤奮堅持，所有人都能克服工作面臨的困難。」

「不夠勤奮或耐心不足的人會如何呢？」

「一旦養成勤奮的特質，勤奮就會跟著你一輩子。這是年輕時就必須慢慢灌輸培養的好習慣，或許父母扮演了至關重要的角色，教導他們成為勤勉且有耐心的人。」她詳盡地闡述。

「懶惰又不耐煩的人排斥從事辛勤的工作，他們只喜歡享受輕鬆安逸的生活。自小就懶惰，成年後更無法刻苦耐勞。他們害怕忙碌到精疲力竭的感覺，但又想發財致富，所以只會靠欺騙他人來累積權力與財富。」

「意思是那些只想安逸度日的人，不願意從勤勞工作獲得成功，又想追求更好的生活，所以採取惡劣手段來提升社會地位和經濟狀況。這樣不算是正派的人，對吧？」莫斯柯問。

「沒錯。多數人追求不同的東西，也各自擁有不同的生活態度和習慣。勤奮的人又有耐心，這兩樣特質能

促使他們成功。怠惰的人雖然同樣渴望成功，卻缺乏耐性，所以只能選擇最容易的和欺詐的方法，抄短路獲得成功。這其實不是稀奇的事，每個年代都有這樣狡猾的惡人。」

「妳剛剛說『每個年代』，意思是妳已經活了很長時間？」莫斯柯問。

「是的。我曾追求過自己的夢想。我已經活了兩千年之久，看過人世間形形色色、好人與壞人並存的景況。任何一個社群如果是好人佔大多數，都會幸福得多；但如果是懶惰和善於欺詐的人佔多數，就會充斥著嫉妒、鬥爭和痛苦。」

「哇！兩千年了？」莫斯柯詫異地說。

「是的，你父親也問了一樣的問題。在我完成人生使命之後，有六位女性同樣也達成她們的夢想，但我們各自藉由不同的方法實現夢想。我自己是極度仰仗勤勉

的態度和耐心。到最後，許多人便稱我勤勉天使。」

「請問關於勤勉，我還有什麼需要學習的嗎？」莫斯柯問。

「如果你再回頭複習課本裡傳達的訊息，善用那些建議再化為生活習慣，就能迎向成功之路。不過這只是初步階段。」勤勉天使如此說明。

「還有別的階段？」莫斯柯納悶地問。

「當然。若你繼續前行還會遇到其他天使，傳授你如何擁抱成功與幸福生活。」

「我不得不向妳告辭了，勤勉天使。因為我的時間所剩無幾，我必須在一年內完成這趟旅程，現在才見到一位天使就過了三個月，不好意思我得就此告別。」莫斯柯說。

「不要緊，你確實該趕緊上路，因為其他天使那還有許多課題待你學習，如此才能成長茁壯為一個善良有能力的人。」

「萬分感謝妳的好意，我不會忘記妳的。妳在如此短的時間內傳授我好多知識，由衷地感激妳。」

「這是我的榮幸，祝你一路平安並能在時間內完成任務，有緣再會。」勤勉天使向漸行漸遠的莫斯柯揮手道別。

「非常感謝妳，勤勉天使。我會繼續旅程，並將勤勉和耐心當成座右銘，在日常生活中實踐。」莫斯柯行前暗自決定。

Chapter 4

第二位天使

莫斯柯花了三個月才遇到第一位天使，但他確信，如果按照地圖指示的路線前行，應該很快能遇見第二位天使。

　　年輕人試著利用旅行中的空檔，反覆熟讀天使給他的課本，好讓自己能記住裡頭所有訓示，並內化為自身習慣。他想確保遇見下一位天使之前，自己不會遺忘課本裡的任何細節。

　　他在另一座山的山腳停下，看到一根石柱和地圖上的符號相同，那是鑲嵌著兩顆星星的水晶球圖像。

信心天使

THE ANGEL OF CONFIDENCE

信心教你的事

當年輕人爬上山頂時，他遇見一位身著白色洋裝的美麗女子，如同他見過的第一位天使。

　　「您好，天使。」他先上前打了招呼。

　　「你好，你是莫斯柯吧？」

　　「您怎麼知道我的名字？」

　　「天使育敏已經告訴我你的事，我們之間是會互相交流的，我已靜候你許久。」

　　「我是敏蒂，人稱信心天使。」

　　「很高興有機會見到妳。」莫斯柯說。

　　「我也是。你到此的目的為何？」

　　「我想要成為羅馬帝國軍隊的優秀領導者，前來此

地是為了盡可能獲取父親建議我學習的知識。」

「莫斯柯，我要給你一本課本。你讀完之後可以問我任何問題。」

「太感謝妳了！」莫斯柯說

信心天使立刻就交付課本給年輕人，因為她意識到在索拉特斯造訪她之後的五十年來，他從未指派過任何人來見她。

如果索拉特斯將兒子送到這裡，想必是在他身上見到了不凡的特質，而她也同樣相信這個年輕人。

莫斯柯接過課本之後，在附近一塊大石上休息，並馬上開始翻閱。信心天使向他告別，留他一人心無旁騖地閱讀。

第 11 課

有自信的領導者能成功締造偉大功績。

缺乏自信的人總是失敗，
因為他們對任何事都不抱信心，
又因為太害怕失敗犯錯，
而無法積極工作。

來自信心天使的話
The Angel of Confidence

第 12 課

不具信心的領導者工作起來不情不願，
而且總是害怕失誤或失敗。

如果我們始終負面思考，
便會招致不好的結果；
這不是巧合，而是吸引力法則。

來自信心天使的話
The Angel of Confidence

信心天使

THE ANGEL OF CONFIDENCE

信心教你的事

第13課

當領導者在工作、學習或
從事任何活動都缺乏信心時，
他們的任務某種程度上必會潰敗。

不情願地完成餘下的工作，
連自己都沒把握能否達成任務。
到最後，
就會如自己原先擔心的那樣一敗塗地。

來自信心天使的話
The Angel of Confidence

信心天使
THE ANGEL OF CONFIDENCE

信心教你的事

第 14 課

許多領導者都深懷自信。

擁有正面信心的領導者往往能成功。

這樣的人通常抱有以下信念：
「我能做到。」
「此事難不倒我。」
「我注定成功。」
「我必須盡力獨當一面。」
「我是堂堂正正的好人。」

來自信心天使的話
The Angel of Confidence

信心天使

THE ANGEL OF CONFIDENCE

信心教你的事

第 15 課

人必須擁有自信，並且把信心擴及他人。

一個人若相信「團結力量大」
方能獲致甜美的成功果實，
也會信賴一同工作的夥伴，

理所當然也會獲得他人的信心。

來自信心天使的話
The Angel of Confidence

信心天使

THE ANGEL OF CONFIDENCE

信心教你的事

第 16 課

若一位領導者缺乏自信，行事懷有疑懼，
結果絕對不如一位充滿自信的領導者。

當我們心懷自信，
也會被賦予勇氣。

**成功的第一步，
是勇於去做正確的事。**

來自信心天使的話
The Angel of Confidence

信心天使

THE ANGEL OF CONFIDENCE

信心教你的事

第17課

疑人不用，用人不疑。

若不相信一個人的能力，
就別選擇他或倚賴他。

若懷疑一個人的行為，
就要盡可能遠離他。

來自信心天使的話
The Angel of Confidence

Chapter 5

年邁的乞丐

莫斯柯因為渴望遇見下一位天使而繼續旅程，他走了很久來到一片茂密森林。他注意到地上有些遺留的足跡，表示仍有人時不時地行走於這條路上。

　　他深入樹林，最後遇見了一個坐在樹蔭下的老人。他問：「大叔，你在這裡做什麼？」

　　「我的腳很痛，走不下去了。」一身衣衫襤褸的老人回道，他看起來似乎已好一段時間未梳洗了。

「你想去哪兒？」

「我想登上這座山的山頂。」

「喔！那我們正好目的地一樣。」莫斯柯說道。

「你要往山頂？那你可以先出發，我需要歇息一
會。」老人說。

「你會在這裡待到天黑嗎？」

「我現在無法行走，似乎也只能這樣了。」老人很
清楚自己的狀況。

「不如這樣吧，既然我們都要去相同的地方，我揹
你好了。」莫斯柯自告奮勇。

「你是認真的嗎？其實你不用管我，我只是個又老
又臭、無人關心的乞丐，我已經一個月沒洗澡了，請別

見怪。」老人拒絕了莫斯柯的提議。

「沒有關係，我真的不覺得反感。但我若把你留在這裡，你一定會死在這裡的，不會有任何醫生經過這裡。」莫斯柯說。

「如果你真的不介意，那我就和你一起走吧！非常感謝你啊，年輕人。」

莫斯柯自告奮勇地揹起不良於行又渾身髒臭的老人，雖然他很清楚可能得揹上一大段路，但仍願意伸出援手。

莫斯柯揹著老人走入森林深處，朝下一座山前去。

「年輕人，你叫什麼名字？」

「我叫莫斯柯。」

「你為什麼在這座森林裡旅行？」

「我父親給了我一張地圖，說按圖索驥便可學到如何成為能帶領羅馬軍隊的好領導者。」莫斯柯答道。

「所以這是你非到此不可的原因？」

「是的，大叔，然後我遇見了你。」

「我相信你一定能成為一個好的領導者，因為你樂於助人。」

「謝謝你。我只是無論如何都不能留你在那等死。」

「好囉，我們到了。這就是我住的地方。」年邁的乞丐向莫斯柯說。

年輕人轉過身，看見一根大石柱上有著熟悉的符號，他驚訝地脫口而出……

「就是這裡！這就是我要找的地方。」

「我和我兩個朋友就住在這裡，不介意的話請上來，我介紹你們認識認識。」老乞丐說。

「我走好遠的路就為了來到這裡。」

即使他揹著老人走了好長一段路，而且步伐似乎越走越沉重，年輕人還是精力充沛地爬上山。

善良天使

THE ANGEL OF GOODNESS

善良教你的事

年輕人終於到了目的地,他開始氣喘吁吁,感到精疲力竭。

「莫斯柯,太感謝你了。」老人向他說。

「別客氣,反正我們都要去一樣的地方。」

忽然,老人面前出現一道眩目閃耀的白光,莫斯柯不得不舉手遮住眼睛一會兒;等到白光漸漸消散,才緩緩移開遮住雙眼的手。

他看見一名面目秀麗的女人,佇立於老人原先站的地方。

「你找我嗎?」女子問莫斯柯。

「呃……請問您是?」

「我是善良天使。」

「妳就是我一路揹著的人吧？」

「沒錯。我只是想藉此測試你。」善良天使說道。

「喔！原來如此。妳偽裝成老乞丐，然後騙我揹你來到這裡。」

「我並非刻意欺騙，只是想測試你而已。」善良天使解釋。

「一直以來都有許多人追尋我的存在，卻只有很少人願意幫助我。多數人是排斥揹我同行，另外有些人甚至忽視我。」善良天使補充道。

同時又有兩位女子到來。

「我和兩位朋友一起長居於此。」善良天使向莫斯柯說道。

「年輕人你好！你已通過我們的考驗。我是時間天使，而這位是管理天使。」

「幸會！妳們都住在這裡？」

「是的。我相信你只要轉身看一下背後的符號標記，就會明白了。」

「我好幸運能在這裡見到妳們。」莫斯柯說。

「不是因為你幸運，而是因為你的善良。沒有太多人像你一樣樂於助人。」善良天使再次闡述道。

時間天使繼續補充解釋⋯⋯

「善良天使說得沒錯。多數人只在乎自己，對旁人漠不關心也不願伸出援手。內心缺乏仁慈與善良的人，無法成為好的領導者。」

管理天使也補充道……

「我想你應該累了，需要好好休息，我們明早再聊吧。你可以在那邊的小屋過夜。不過你要先去洗個澡，你有聞到自己身上的氣味嗎？」

「那是因為我揹著善良天使走了這麼長的路……」莫斯柯回答。

「別擔心，我只是開玩笑。睡個好覺，我們明天可以開始學習所有你需要知道的事情。」

「非常感謝。」莫斯柯說。

「我們得走了，明早在這裡見。」

三位天使說完立刻消失無蹤。年輕人走向小屋直奔淋浴間，他確實聞到自己身上的臭味，對於三位天使提及這點感到有些羞愧。 沐浴後便到床上沉沉睡去。

善良天使

管理天使

時間天使

Chapter **6**

善良天使

莫斯柯醒來時，發現善良天使正在俯視著他。

　　「睡得還好嗎？」善良天使問。

　　「過去幾個月，我幾乎沒什麼機會睡在鋪著柔軟稻草的床上，昨晚感覺舒適多了。」莫斯柯回答。

　　「這是我要給你的課本，仔細詳讀它，等你讀完我會再回來。」

年輕人翻開課本，
開始依善良天使的指示認真閱讀。

第 18 課

所有領導者一生都日不暇給，
必須面臨諸多決定。

他們必須決定方向：
東征西討，或是北進南向。

無論發生什麼事，只要是好的領導者，
善於思考溝通便能有預期結果；

如果我們抱持邪惡想法，做出卑劣情事，
只會遭受不好的報應。

來自善良天使的話
The Angel of Goodness

善良天使

THE ANGEL OF GOODNESS

善良教你的事

第 19 課

要感恩幫過自己的人。

人生有無數種前進方式，
可以選擇背叛或感激，
也可以選擇背信棄義或樂於相助。

永遠感謝父母、上司、給你機會的人，
以及國家和生長的土地；

這是所有優秀領導者必須擁有的先決條件。

來自善良天使的話
The Angel of Goodness

善良教你的事

第 20 課

如果將人性的「善良」比喻為「一棵樹」，
一個做了很多好事的領導者，
就像棵蒼鬱茂密的大樹。

尋找避風港的人總會選擇棲息於這樣的大樹下，
鳥兒會在樹葉豐厚的枝梢上築巢，
螞蟻和昆蟲會往健康的大樹上覓食。

人也喜歡在涼爽和令人安心的大樹蔭下休息。

來自善良天使的話
The Angel of Goodness

善良天使

THE ANGEL OF GOODNESS

善良教你的事

第 21 課

如果將人性的「善良」比喻為「一棵樹」，

一輩子沒做過任何好事的人，
就如同一棵枝葉貧弱的「枯樹」。

人不會選擇一棵枯樹當作庇護場所，
鳥兒不會在這裡築巢，
螞蟻和昆蟲不會在此覓食而居。

甚至不會有人注意到這般毫無生氣養分的樹。

來自善良天使的話
The Angel of Goodness

善良天使

THE ANGEL OF GOODNESS

善良教你的事

第 22 課

生命中的善美可以靠自己創造。

良善來自想要行善的念頭，
當一個人只抱持好的意念，
便能培養出良善的特質。

當我們只想著正面的事情，
善美之事便會發生。

來自善良天使的話
The Angel of Goodness

第 23 課

能行善舉的人，

往往自年輕時便已培養良善的人格。

孩子天性純真，

因此從小便應教育他們分辨「好」與「壞」。

若一個孩子無法區分這兩者的差異，

那即便他們行事卑劣，

也會誤以為自己做了好事。

來自善良天使的話
The Angel of Goodness

第 24 課

犯錯的人或許並非出自本意，
可能是自小未被教育
如何分辨「好」與「壞」。

任何無法明辨是非的孩子，
容易因黑白不分而犯下錯行。

來自善良天使的話
The Angel of Goodness

善良天使
THE ANGEL OF GOODNESS

善良教你的事

第 25 課

如果從小事落實善念，便是培養良善的過程。

若我們從年輕便樹立起多行善事的意念，
成人之後的處事都會顯現良善態度，
就成了「品行」與「道德」。

在我們擁有這兩項人格特質之前，
必須先養成隨時隨地行善舉的習慣。

來自善良天使的話
The Angel of Goodness

善良天使

THE ANGEL OF GOODNESS

善良教你的事

第 26 課

「道德」滋養著社會，
使人愉快地生活，
為社會帶來平和與心靈快樂，
讓世界更宜居，也令人生更美好。

來自善良天使的話
The Angel of Goodness

善良天使

THE ANGEL OF GOODNESS

善良教你的事

第 27 課

一個道德崩壞的腐敗社會只有苦痛，
人容易傷害和構陷彼此。

這樣的社會將逐漸墮落惡化，
最後再也不宜居住。

日復一日在這個社會生活的人，
終將陷入憂鬱和絕望。

來自善良天使的話
The Angel of Goodness

第 28 課

所有領導者必須學習之事

「良善」使人
心平、幸福、
振奮思緒、
笑容滿面，
帶來愛與前進的活力。

來自善良天使的話
The Angel of Goodness

第 29 課

所有領導者必須學習之事

「惡意」使人
焦慮、痛苦、
抑鬱寡歡、
愁眉不展，
導致仇恨和憂鬱。

來自善良天使的話
The Angel of Goodness

「晚安，年輕人。」善良天使向正在讀著課本的莫斯柯打招呼。

「晚安，善良天使，我正好讀完你給的書。」莫斯柯回答。

「你有任何問題想問嗎？」

「嗯，滿腦子問題。」

「你對書中的哪一個部分感到疑惑呢？」善良天使問道。

「為什麼一定要當好人呢？好人又是什麼樣子呢？」

「所有人應該立志當好人，因為整個社會不是只有自己一個人，『人性中的良善』讓我們對彼此懷有憐憫和同理心，也讓我們學習為他人奉獻自己。如果心中抱持善良意念，就能學習相互分享與關懷的藝術。」

「如果我想行善事，應該要從哪裡開始呢？」莫斯柯問。

「可以從每天的生活中實踐，從自身開始。我們可以對自己和他人抱持正面想法。」善良天使說道。

「持續做好事是不是很困難？」莫斯柯又問。

「一點也不難，端看一個人如何被教養擁有良善意識。父母必須教育孩子如何分辨是非好壞，因為他們幾乎每天都得面臨不同的狀況。」

「為什麼要從孩提時期的教育開始呢？」

「孩子就像一只空的杯子，如果我們在杯中裝滿清水，他們心中就會充滿純淨想法；若我們倒入汙水，他們的心靈便會充滿腐敗念頭，而且一輩子只會做出卑劣邪惡之舉，也不足為奇了。」善良天使闡述道。

「那我們能夠教育成人良好的品德嗎？」

「無論是孩子、成人甚至老人，都是可以教育品德的對象。一個滿腦子邪念的人，就像裝滿汙水的杯子，當他們被授以品德教養，就能夠成為更好的人，如同在杯裡倒入淨水取代汙水。但淨化人心需要時間，所以從如同空杯的孩子教育起比較容易。」天使仔細地闡釋，以確保莫斯柯真的瞭解品德教育的概念。

「可是誰能教育這些事情呢？」

「具備良好品德的大人便有教養資格，品行良好的成人能夠教育後代成為社會的中堅份子。相反地，一個思想不端正的成年人。只會灌輸孩子錯誤不當的行事準則，結果形成惡性循環；這些孩子長大後無法成為好人，還會繼續教育後代不健全的觀念。」天使答道。

「但如何分辨誰是好人、誰是壞人呢？」莫斯柯進

一步問道。

「這必須先從我們自身的想法開始。如果我們有良善的思考動機，那麼行為也會是良好有益的。做任何事必應三思而後行，以確信我們的行為不會為他人帶來困擾，甚至能有益整體社會。」

「所以，做好事並不困難，就是時時警惕自己避免造成他人困擾對吧？」

「沒錯，莫斯柯。只是當今社會充滿了人與人之間的競爭，無論是在職場上或是私人生活，導致許多問題層出不窮。」

「那無作為的人也算是好人嗎？」

「許多人都試圖避免捲入別人的問題中，一個無作為的人或許不能說是好人，因為人都必須負起責任，認真工作，照顧好自己，甚至掙錢養家和照顧父母。無所

事事的人可能因為剝削他人的財產和金錢而製造問題。若我們能腳踏實地、自立自強，就能快樂生活並成為家庭和社會的中流砥柱。」善良天使如此解釋。

「那些眼見他人遭受巨大苦痛而漠然的人，某種程度是冷血無情的。我一直以來看見人往往自私自利，只在乎物質上的獲益、金錢和資產，毫不關心他人生活。不幸的是，這樣的人與日俱增。」善良天使指出不樂見的事實。

「我想這對我而言並不困難，我自認行得正坐得端，不僅從未讓家人操心，而且也勤奮地過日子。」莫斯柯說。

「那就對了。我們必須讓身邊的人幸福開心，當家中成員亟需幫助時，就必須盡力給予支持。透過自身實踐善行，將我們的愛心進一步擴及鄰里、同事、社會乃至整個國家。」

「我瞭解了。我們必須從小事做起，然後將崇高的使命擴展至大的議題和事務。我們可以將人性的良善發揮至更廣的範圍，讓社會的生活環境更好。」

「沒錯。當社會更宜居時，我們的生活也相對更愉悅。」善良的天使說。

「太感謝你了，天使。我還能再見到你嗎？」莫斯柯問。

「明日一早，時間天使和管理天使會造訪你，莫斯柯，我想你現在該歇息了。」

「非常感謝你。從今而後，我會試著多行善事，並且向所有我認識的人傳述這個故事。」

「非常好，我相信你可以做到的，祝你幸運。」善良天使最後說道。

「非常感謝你，善良天使。」莫斯柯在進入小屋歇息之前向天使致謝。很快地，明日早晨他也將再次見到另外兩位天使。

Chapter 7

時間天使
與管理天使

第二天，莫斯柯早早醒來，帶著清醒的頭腦迫切渴望學習新的東西。

　　他洗了澡便匆匆著衣，等待兩位天使到來。

　　「早安，年輕人。」兩位天使突然出現在莫斯柯面前，令他感到十分詫異。

　　「早安，兩位天使。」莫斯柯也問候她們。

「你準備好接受新的課程了嗎？」時間天使問。

「是的。但我之前都只有機會與天使一對一對話，為什麼妳們是一起出現呢？」他好奇地問。

「因為我們都覺得管理與時間的本質是相同的，兩者同樣重要且密不可分。因此我們必須同時現身向你解釋一切。」管理天使回應道。

「我們會先給你課本閱讀，晚上再回來答覆你提出的任何問題。」

「好的，我會盡我所能去理解一切。」

時間天使

THE ANGEL OF TIME

時間教你的事

第 30 課

我們都擁有同樣多的時間，
但時間的寶貴性取決於每個人。

聰明的人能將時間運用得有價值，
即便看似虛擲的時光也都有意義。

來自時間天使的話
The Angel of Time

時間天使

THE ANGEL OF TIME

時間教你的事

第31課

一個好的領導者，
知道如何妥善管理時間以創造最佳成果。

他們能夠認知自己正在做的事情，
是否為生活帶來效益。

來自時間天使的話
The Angel of Time

時間天使

THE ANGEL OF TIME

時間教你的事

第 32 課

時間相當寶貴，並且一去不復返。

如果我們運用時間來做有用的事，
同樣會獲得對人生有助益的事物；

若我們將時間浪費在無謂的事，
只會獲得毫無意義和價值的回報。

來自時間天使的話
The Angel of Time

第 33 課

無數的人不懂得時間的重要性，
只任憑時間在瑣事上無謂地浪費流逝。

結果可想而知，
這樣的人往往與成功無緣。

他們根本不知如何有效利用時間
創造對自己有益的事。

來自時間天使的話
The Angel of Time

第34課

好的領導者深知在學習時間就必須專注學習；

在工作時間便認真工作；

在休息時間要徹底休息；

在可以享樂的時間便追求快樂。

來自時間天使的話
The Angel of Time

時間天使
THE ANGEL OF TIME

時間教你的事

第 35 課

如果領導者不能看見時間的價值，
經常會忽視其重要性而任憑光陰虛擲。

但等到人生某一階段，
必會有所體悟並忠告身邊所有人，
對於自身虛度光陰、一事無成，
感到懊悔與遺憾。

來自時間天使的話
The Angel of Time

第 36 課

勤奮的領導者一天就可以完成許多事；
反之，一個怠惰的領導者只是漠然地蹉跎時光，
一無所就。

在人生的盡頭，
這兩種人會因為走向分歧的道路，
而產生截然不同的結果。

來自時間天使的話
The Angel of Time

第37課

勤奮的領導者能在一年之中成就無數志事，

而且覺得時間永遠不夠用；

怠惰的領導者總會聲稱他們無事可做，

永遠都處於百無聊賴的狀態。

勤奮的領導者善用時間創造效益，

完成不計其數的功績；

輕浮的領導者做什麼事都毫無計畫與邏輯，

等他們意識到時間的寶貴，皆為時已晚。

來自時間天使的話
The Angel of Time

時間天使

THE ANGEL OF TIME

時間教你的事

第38課

行事謹守分寸的好領導者，
能為自己的人生創造偉大成就，
能高效地管理及分配自己的時間。

善於管理自我時間的人能有效率地工作，
以締造最佳成果。

來自時間天使的話
The Angel of Time

管理天使

THE ANGEL OF MANAGEMENT

管理教你的事

第 39 課

優秀的領導者能好好地經營生活大小事。

論及個人生活，他們會找一份好工作並堅守崗位、
做好份內之事進而成功。

論及家庭生活，他們皆擁有圓滿快樂的家庭，
並與家族成員分享愛與歡樂。

論及資產管理，他們能明智地運用金錢，
並儲蓄以備不時之需。

論及情感層面，
他們熱愛生活、熱愛他人、樂善好施，
並珍愛他們生活的土地。

論及健康，他們重視且照顧自己的身體，
規律運動並只攝取有益健康的食物。

來自管理天使的話
The Angel of Management

管理天使

THE ANGEL OF MANAGEMENT

管理教你的事

第 40 課

優秀的領導者花時間學習更多時間管理的知識，
他們的責任是盡可能地精進知識。

領導者勤於砥礪並豐富自己的知識，
日復一日可以積累更多經驗和所知之事。

渴求新知的領導者，
能夠成為一個多才多藝且富有智慧的人，
進而能夠運用新知妥善管理一切事務。

來自管理天使的話
The Angel of Management

管理天使

THE ANGEL OF MANAGEMENT

管理教你的事

第 41 課

知道如何管理自我時間的領導者，

會擁有成功人生，

因為他們深知處事的輕重順序。

他們會在對的時間做對的事，

而且不會浪費時間在任何無謂的事情上。

來自管理天使的話
The Angel of Management

管理天使

THE ANGEL OF MANAGEMENT

管理教你的事

第 42 課

所有工作皆同等重要，
領導者若不能按優先順序處理工作，
會使生活陷入混亂。

這樣的領導者往往優先進行無關緊要的工作，
而將重要的事務留到最後，
導致效率不彰。

來自管理天使的話
The Angel of Management

第 43 課

大多數人往往忽視管理問題，
總想著船到橋頭自然直。

但事實並非如此，
有些事情需要仰賴管理層面的知識處理。
人需要學習管理相關技巧，
這是生活不可或缺的能力。

然而，大多數人總是反其道而行，
看似博學多聞卻欠缺管理個人生活、家庭、
健康和自我紀律的知識和能力。

來自管理天使的話
The Angel of Management

第44課

好的領導者永遠
對管理之道抱持精益求精的態度。

有些領導者自認全知全能，
而對增進知識漠不關心，
最後只會落得被時代淘汰，
無法在管理領域上與新的世代競爭。

優秀的領導者總是勇於承認自己的
無知和不足之處，並試圖學習精進。

來自管理天使的話
The Angel of Management

管理天使

THE ANGEL OF MANAGEMENT

管理教你的事

第 45 課

好的領導者知道何時該推進軍隊、
何時該撤退。

不能判斷情勢的領導者，
總是會在該退守或停止進攻時，
推進軍隊使士兵陷入危險，
或是在該進攻時選擇退守而錯失良機。

來自管理天使的話
The Angel of Management

管理天使

THE ANGEL OF MANAGEMENT

管理教你的事

第 46 課

成功的領導者會預先做好戰略計劃。

他們帶領軍隊時能夠預測情勢，
也知道如何加強和發展軍隊，
瞭解士兵需要什麼樣的武器。

為了贏得戰役，
必須擺脫軍隊任何缺陷之處。

來自管理天使的話
The Angel of Management

管理天使

THE ANGEL OF MANAGEMENT

管理教你的事

第 47 課

成功的領導者必須擁有足夠的知識，
來管理軍隊並使之強大。

反之，
失敗的領導者往往會
在和平之際忽略士兵訓練，
等到戰情升溫時，
平日未受紮實訓練的的士兵
便會輕易輸掉戰役。

來自管理天使的話
The Angel of Management

「莫斯柯，一切還好嗎？」管理天使詢問正在認真閱讀課本的莫斯柯。

「我正好差不多讀完了。」莫斯柯答道。

「那麼你理解書中所寫的一切嗎？」管理天使進一步追問。

「並不是很懂，我對書中內容有些疑問。」

「沒關係，有任何疑問可以問我。」管理天使試圖給予幫助。

「為什麼好的領導者必須持續求取知識，是因為能當上領導者的人都是出類拔萃之士嗎？那誰教導最優秀的領導者呢？」莫斯柯問。

「世界上有很多我們不明白的事。每個人都擁有不同的能力，但領導者必須統治國家、軍隊和全體國民，

並確保大家過著安居樂業的健康生活。有些人自認絕頂聰明，因此不願意嘗試學習新知，這樣的人不會成功；但有些人勤勉向上，且自發性地持之以恆汲取新知，他們與時俱進，掌握最新的資訊與技術，這有可能是來自師長或身邊的智者教誨。」管理天使闡釋道。

「當他們成為一個領導者之後，還有可能相信他人嗎？」莫斯柯納悶地問。

「這是個好問題，你會問代表你有在思考，也表示你很聰明。」管理天使讚許道。

「當一個人成為領導者掌握權力時，也會產生某種程度的自信。當他嚐到成功的滋味，自信與意志也會隨之高漲，但若此人擁有過度自信，則會變得剛愎自用。這是所有領導者必須時時警惕自己的致命傷。」管理天使如此解釋。

「為什麼他們聽不進任何人的意見？」莫斯柯問。

「那些領導者容易被權力蒙蔽雙眼，出現不同的行事作風。當他們忘記自己的初衷就非常有可能走上歧途，因為權力使人腐敗，令掌權者傾向濫用權力，最終屈從於自我膨脹和幻想。」管理天使詳盡地說明。

　　「所以，一個忘了自己是誰的領導者是壞事？」莫斯柯問。

　　「沒錯。一個好的領導者不能受權力迷惑，這會導致巨大的災難。」管理天使特別強調。

　　「非常感謝你，天使。我會謹記你的忠告，若未來有機會成為一名領導者，我絕對不會讓自己成為受權力主宰和蒙蔽的領導者。」莫斯柯誓言道。

　　「那很好。獨斷的領導者會迷失自我，當一個好的領導者變得過於自負時，判斷力往往會被對權力的幻想誤導。」

「所有領導者都會這樣嗎？」莫斯柯很好奇。

「喔不，只有某些人這樣。有些領導者始終堅守初衷，也不是那麼容易就因權力而腐化。」

「我希望能成為始終如一的好領導者，該怎麼做呢？」莫斯柯問道。

「你必須持續行善，把人的問題當作首要考量。優秀的領導者必須對人民的福祉負責，他們必須優先考慮他人的利益，而非隨心所欲地做任何事。」管理天使如此闡述。

「天使，我會謹記妳教我的一切。」莫斯柯再次表示自己的堅決。

「我告訴你的一切，其實在課本的上一章節已經教你了，你讀下一章會領悟更多。恕我必須就此告辭，你可以留下來在此過夜，明天再繼續尋找其他兩位天使的

任務。」管理天使如此提議。

「非常感謝你，天使。」

「祝你好運。」管理天使祝福莫斯柯。

年輕人翻開課本，讀畢最後一章後，才進入小屋休息，為明日做充分準備。

第 48 課

許多成功的領導者掌握極高的權力。

擁有權力並非壞事，
前提是掌權者必須心地良善。

當掌權者傾向濫用權力以滿足自我欲望，
掌控權力時就有可能對社會造成危害。

當領導者被權力所迷惑，
往往會不自覺地濫用權力。

來自管理天使的話
The Angel of Management

Chapter 8

創造天使
與全愛天使

「你好！莫斯柯。準備好下一趟旅程了嗎？」三位天使歸返並詢問年輕人。

「天使們好！我已準備好上路找尋另外兩位天使，畢竟我所剩的時間不多。非常感謝妳們慷慨傳授這些可做為理想典範的道德準則。」

「這是我們的榮幸，祝你好運。」三位天使與莫斯柯道別。

「有緣再見，十分感謝妳們。」莫斯柯也向天使們告別。

年輕人再次上路繼續行旅，希望能比預期更早抵達目的地。

　　莫斯柯在途中回憶起父親對他說過的話，彷彿覺得身為偉大指揮官的父親，應該也曾行經這條路、經歷過他已經歷的事情，並且見過七位天使後，再成為羅馬軍隊最受敬重的領導者。

　　父親始終無愧於這個身分，在全國受到許多人民的愛戴。

　　莫斯柯於是默默自許，要盡力成為如父親一樣優秀的領導者。

在他行旅了一段時間後，莫斯柯在最後一座山的山腳下，看見熟悉的符號，他確信這裡必定是另外兩位天使居住的地方。心中不由得燃起一股動力，催促他得快點攻頂。

　　當他爬上山發現標記符號後喜不自勝。他預期隨時都可能見到最後兩位天使完成使命，難掩興奮與期待。

　　然後他便能踏上回家之路與父親相見。

　　但他現下最期待的是學習更多知識。他好奇接下來見到的是哪位天使，以及她會傾囊相授什麼內容。

「年輕人你好！你應該就是莫斯柯吧？」當莫斯柯到達山峰時，傳來了一陣甜美的聲音。

　　莫斯柯轉身看到兩名天使站在他背後。

　　「妳好！我叫莫斯柯。妳們怎麼知道我名字？」

　　「我們七天使總是會互通有無，你先前見過的五位天使，已經告訴我們你的故事了。」兩位秀麗的天使之一回答道。

　　另一位天使補充：「你離家旅行有一年了嗎？我能幫助你盡快理解我們的指導內容。」

　　「我該怎麼稱呼妳呢？」

　　「人們稱我為創造天使，而她是全愛天使。」

「喔，我太幸運了！能在完成任務的期限之前遇到妳們兩位。我已迫不及待想向兩位學習知識。」莫斯柯熱切地說。

「非常好，讓我們先給你課本吧，有任何問題明早可以問我們。」

兩位天使將課本交給莫斯柯後便消失無蹤。

莫斯柯拿起書，滿腔熱血地開始閱讀。

創造天使

THE ANGEL OF CREATION

創造教你的事

第 49 課

所有人類都有幸被賦予創造的能力。

為他人著想而創造美好事物，
就等同為整體社會創造福祉。

創造社會福利能改善民生問題；
相反地，
許多問題毀壞世道則讓社會環境惡化。

來自創造天使的話
The Angel of Creation

創造天使
THE ANGEL OF CREATION

創造教你的事

第 50 課

擁有創造力的領導者可以隨時創造新事物。

針對管理行政層面提出創新的想法，
能維持社會的平和與秩序，
有益社會的創造行為能帶領社會進步。

任何社會如欠缺富有創新力的領導者，
只會逐步衰敗。

來自創造天使的話
The Angel of Creation

創造天使
THE ANGEL OF CREATION

創造教你的事

第 51 課

一個優秀的領導者應該擁有創新想法，
為社會帶來利益。

針對公民權益提出的創新思維，
能引領社會團結。
具開創性的良好構想，
能為人民、整體社會和國家帶來繁榮。

來自創造天使的話
The Angel of Creation

全愛天使

THE ANGEL OF LOVE

全愛教你的事

第 52 課

愛讓週遭一切事物更美好。

愛是靈感和創造力的泉源。

愛能啟發人創造新事物。

愛讓人變得更堅強與勇敢。

來自全愛天使的話
The Angel of Love

全愛天使
THE ANGEL OF LOVE

全愛教你的事

第53課

一顆慈愛的心，
是所有領導者需具備的先決條件。

領導者愛人愛民的心，
能贏得追隨者的信任，
為所有人帶來信心，
能團結追隨者並激勵他們做更多好事。

來自全愛天使的話
The Angel of Love

全愛天使
THE ANGEL OF LOVE

全愛教你的事

第 54 課

家庭中的愛能為家族帶來溫馨與和諧。

社群中的愛能創造國泰民安的社會。

人性中的愛能締造幸福美滿的人生。

熱愛工作能為職場帶來歡樂愉悅的氣氛。

熱愛身邊一切事物能為所有言行帶來幸福喜樂。

來自全愛天使的話
The Angel of Love

全愛天使

THE ANGEL OF LOVE

全愛教你的事

第 55 課

充滿慈愛和憐憫之心的領導者，
能為工作和人生締造幸福，
能為身邊所有人帶來心靈的平靜和喜樂，
也能創建簡單純粹的生活。

來自全愛天使的話
The Angel of Love

正當莫斯柯讀完最後一本關於領導力的課本時，七位天使同時現身。

　　「莫斯柯，又見面了。」自信天使問候道。

　　「七天使妳們好！」莫斯柯向天使一一問候。

　　「我們一致認為你已吸納了許多寶貴且實用的知識，你應該把這些知識當作人生的指引，運用於工作和生活中，進而成為你一直期望的優秀領導者。」善良天使說道。

　　「有機會拜讀妳們撰寫的這些課本，我感到萬分榮幸。我現在瞭解為什麼我父親能成為一個優秀、能力卓越且充滿自信的領導者了，你們對他傾囊相授了所有最寶貴的訓示。」年輕人如此回答。

　　「我們也很高興知道你父親是個優秀且成功的領導者。」管理天使回應道。

「希望你能成為如你父親一般優秀的領導者。」時間天使補充。

「我立誓成為如我父親一般偉大的領導者。」莫斯柯向天使堅定地強調。

「非常好，莫斯柯，希望你能如願實現目標。」全愛天使說道。

「也該是你返家的時候了，去做你該做的事。」勤勉天使提醒莫斯柯。

「好的，天使們，總有一天我會再回來。那麼就此告別了。」莫斯柯向天使致意。

「祝你好運，年輕人。」天使齊聲說道。

「非常感謝妳們，祝大家都有愉快美好的人生。」

七天使向莫斯柯揮手道別。

年輕人帶著一股強烈決心踏上回家的路，發願成為一個成功的領導者。

「由衷感謝七天使。」

他們說的領導天使

作　　者／丹榮‧皮昆 Damrong Pinkoon
譯　　者／邱喜麗
主　　編／林巧涵
執行企劃／王聖惠
美術設計／亞樂設計
編輯協力／亞樂編輯部

第五編輯部總監／梁芳春
發行人／趙政岷
出版者／時報文化出版企業股份有限公司
10803 台北市和平西路三段 240 號 7 樓
發行專線／（02）2306-6842
讀者服務專線／0800-231-705、（02）2304-7103
讀者服務傳真／（02）2304-6858
郵撥／1934-4724 時報文化出版公司
信箱／台北郵政 79～99 信箱
時報悅讀網／www.readingtimes.com.tw
電子郵件信箱／books@readingtimes.com.tw
法律顧問／理律法律事務所 陳長文律師、李念祖律師
印刷／勁達印刷有限公司
初版一刷／2018 年 4 月 13 日
定　　價／新台幣 260 元

行政院新聞局局版北市業字第 80 號
版權所有，翻印必究（缺頁或破損的書，請寄回更換）
ISBN 978-957-13-7358-4 │ Printed in Taiwan │ All right reserved.

時報文化出版公司成立於一九七五年，並於一九九九年股票上櫃公開發行，
於二〇〇八年脫離中時集團非屬旺中，以「尊重智慧與創意的文化事業」為信念。

Seven Angels by Damrong Pinkoon
© Damrong Pinkoon, 2014
Complex Chinese edition copyright © 2018 by China Times Publishing Company
All rights reserved.

他們說的領導天使 / 丹榮．皮昆 (Damrong Pinkoon) 作；邱喜麗譯．初版．
臺北市：時報文化，2018.04 譯自：Seven angels
ISBN 978-957-13-7358-4（平裝）
868.257　107003560